Batendo ponto

Nelson de Oliveira
Nanete Neves
Marcelino Freire

Batendo ponto

Uma colherada
de humor na hora do cafezinho

novo século®

São Paulo, 2013

Coordenação Editorial	Ana Claudia de Mauro
Diagramação	Schäffer Editorial
Ilustrações	Gilmar
Composição de capa	Monalisa Morato
Preparação	Equipe Novo Século
Revisão	Nair Ferraz

Texto de acordo com as normas do Novo Acordo Ortográfico da Língua Portuguesa (Decreto Legislativo no 54, de 1995)

Dados Internacionais de Catalogação na Publicação (CIP)
(Câmara Brasileira do Livro, SP, Brasil)

Neves, Nanete

Batendo ponto : uma colherada de humor na hora do cafezinho / Nanete Neves, Nelson de Oliveira, Marcelino Freire ; Nanete Neves, (org.). -- Barueri, SP : Novo Século Editora, 2013.

1. Administração 2. Administração de empresas 3. Ambiente de trabalho 4. Humor 5. Literatura brasileira I. Oliveira, Nelson de. II. Freire, Marcelino. III. Título.

13-00838 CDD-658

Índices para catálogo sistemático:
1. Administração 658
2. Administração de empresas 658

2013
IMPRESSO NO BRASIL
PRINTED IN BRAZIL
DIREITOS CEDIDOS PARA ESTA EDIÇÃO À
NOVO SÉCULO EDITORA LTDA.
CEA - Centro Empresarial Araguaia II
Alameda Araguaia, 2190 - 11° andar
Bloco A - Conjunto 1111
CEP 06455-000 - Alphaville Industrial - SP
Tel. (11) 3699-7107 - Fax (11) 2321-5099
www.novoseculo.com.br
atendimento@novoseculo.com.br

Nelson de Oliveira

minicontos

Lendo mentes

(o que eles disseram e o que realmente estavam pensando)

"A dimensão do valor agregado contempla a desproporção entre o nível de formação de ingresso do novo gestor no treinamento empresarial e o de sua saída, ao término do aprendizado dos novos paradigmas administrativos." (Cadê o café, cadê as bolachinhas? Uma reunião sem café e bolachinhas chega a ser imoral. Pra não dizer ilegal.)

"Estes gráficos mostram o crescimento exponencial das taxas de juros do mercado de *private equity* e dos derivativos cambiais de capitais e fundos." (Por que ela fica sempre em nossa casa? Sempre! Por que ela não vai visitar o filho, pra variar? Sogra é foda!)

"Com o reaquecimento da economia, o capital financeiro e o capital produtivo registraram afluxos regulares com o objetivo de coibir as bolhas de ativos sobre os mercados de capitais europeus." (Opa, tabela errada. Bem, queridos, finjam que estão entendendo tudinho, que eu finjo que sei perfeitamente o que estou falando.)

"Os analistas afirmam que, com o crédito em expansão, os *commercial papers* e os ativos circulantes ampliarão o capital social subscrito a integralizar, gerando receita e indexando a lucratividade média." (Caramba, a cueca entrou outra vez no meu rego. Talvez se eu me mexer um pouco... Farei movimentos bruscos e todos pensarão que estou entusiasmado com o projeto.)

"Com a retirada de dividendos para fortalecer as receitas que compõem o superávit primário, em pouco tempo houve o reforço do superávit secundário das contas públicas e das ações com valor nominal." (Compro o vermelho ou o azul? O vermelho diz "Vem quente que estou fervendo". Mas isso pode assustar. Ele é tão tímido! Já o azul diz "Quero ser admirada pela minha sensibilidade". Ô, dilema! O vermelho ou o azul?)

"A facilidade de se contratar instrumentos fragmentados, como os derivativos, tem levado muitos gestores a buscar alternativas de geração de caixa fora do negócio central da empresa, dolarizando os lotes fracionários." (Até agora seis. Meu recorde. Seis! Terminando aqui, posso fumar outro, não posso? Eu preciso fumar outro! EU PRECISO! Controle-se, sua louca! Você está delirando. Até agora já foram pelo menos dezesseis.)

"O repasse da maior parte dos dividendos ocorreu no terceiro trimestre, em pleno *circuit breaker*, com a injeção de recursos para melhorar a situação patrimonial, recursos que não foram contabilizados como déficit." (Flores. Pode ser que ajude. Mulher adora receber flores. E bombons. Quando ela gritou "Vá pro inferno", será que foi só retórica?)

Você está demitido!

(dez respostas para desarmar essa afirmação)

1. E depois, o que ele disse?
2. Sax tenor. Mas faz tempo que não toco.
3. Oh... Quais são os sintomas? É contagioso?
4. Aceito, obrigado. O meu é com adoçante, por favor.
5. O público amou, mas a crítica, ah, a crítica foi cruel.
6. Sinto muito, minha religião não permite.
7. O senhor quer batata-frita e refrigerante pra acompanhar?
8. Não consigo me lembrar de quem é. Canta um pedacinho.
9. Foi ela quem me arrastou até Las Vegas. Juro.
10. Pronúncia per-fei-ta! O senhor consegue dizer isso em coreano? E em esperanto?

Bônus:

11. Gosto. É um vinho bastante aromático, com perfume adocicado e paladar com notas frutadas.

Sinergia

A ideia é que os altos executivos da empresa conheçam, por um curto período de tempo, o dia a dia dos funcionários menos graduados. Assim os gestores poderão sugerir mudanças que melhorem esses setores da empresa.

"Quem foi que propôs a implantação do programa 'Troca de Funções: Hoje Eu Sou Você?'"

"Foi seu Jacob, nosso presidente. Quero dizer, nosso ex-presidente. Hoje ele é nosso garagista. O novo presidente é o Valdemar."

"O garagista?!"

"O ex-garagista."

"Cadê o diretor-geral daqui?"

"Tá falando com ele."

"Mas você não era…"

"O ascensorista? Ah, mas isso foi antes da implantação do programa. Hoje o ascensorista é seu Accioly."

"O diretor-geral?"

"Ex-diretor-geral."

"A Susan, gerente comercial…"

"Na faxina."

"O supervisor…"

“Na xerox.”

“E quando esse programa termina?”

“Era pra ter terminado duas semanas atrás. Mas a empresa cresceu tanto, o faturamento dobrou em tão pouco tempo, que a matriz decidiu deixar as coisas assim mesmo.”

Nova estratégia

"Projetos, projetos e mais projetos.

Bons projetos, maus projetos, rascunhos de projetos.

Projetos azuis, vermelhos, verdes.

Altos, baixos, gordos, magros.

Projetos sabor limão, maçã, chocolate.

Jovens, velhos, extrovertidos, arredios.

Projetos de projetos. Projetos de projetos de projetos de...

Nada disso funcionou. NADA.

Precisamos de projetos sexys. Estão entendendo?

SEXYS!"

Disse tudo isso e, no meio da apresentação, subiu na mesa e começou a sambar.

Sussurro categórico, sem virar a cabeça, do executivo da direita para o da esquerda:

"Não, isso não é ensinado nas faculdades de administração."

Reunião semanal

"O que essa zebra está fazendo aqui?"

"Não é uma zebra, senhor. É um homem fantasiado de zebra. Ele é o novo diretor de recursos humanos."

"Por que a empresa contrataria uma zebra pra esse cargo?"

"Na reunião passada o senhor disse que temos que ser criativos, que em nosso ramo *criatividade* é o mesmo que *sobrevivência*. Aí está."

"Uma zebra? Você chama isso de *criatividade*?"

"Eu, não. Meus colegas! Em minha opinião, devíamos ressuscitar Beethoven e Picasso por meio de manipulação genética. E, pra causar sensação, eles teriam que vir vestidos de tigre-dentes-de-sabre. Mas a maioria foi contra. Disseram: 'Ah, não! Aí já é criatividade demais.'"

Vencendo metas

Flora, 53, gerente de RH, conseguiu ficar meia hora a mais no Facebook e espalhar oito novos boatos por semana.

Diego, 29, assistente de arte, perdeu todas as discussões no corredor: do futebol à fórmula 1.

Tiago, 42, diretor financeiro, consumiu mais cafeína e nicotina em um dia do que todo o seu departamento em um mês.

Rose, 33, representante comercial, bateu seu recorde na saída após o trabalho: foram doze canecos de chope por noite.

Luciana, 41, secretária da diretoria, disse mil quatrocentas e oitenta e nove vezes: "Estou ocupada. Peça à estagiária".

Ricardo, 25, técnico em planejamento de produção, errou redondamente todas as estimativas de custo sob sua responsabilidade.

Sérgio, 40, gerente de marketing, imaginou nove vezes um mata-moscas gigante (o mesmo número de esporros que levou do chefe).

Eficiência

“Tô muito preocupado. A empresa está reduzindo o quadro de funcionários e eu não tenho nenhum projeto maravilhoso pra apresentar ao diretor.”

“Faça como todo mundo: roube o projeto de alguém mais capacitado do que você.”

“Eu já fiz isso. Mas bastou eu abaixar pra pegar a caneta do chão e me roubaram meu projeto roubado.”

“Você nem viu quem foi?”

“Não. Nem sombra.”

“Nada?”

“Como se tivesse sido um fantasma...”

“Rapaz, estou ficando cada vez melhor nesse negócio. E olha que antes de sair da sua sala eu peguei também tua carteira.”

Tortura

"Que gritaria é essa? Estão espancando alguém naquela sala?"

"Mais ou menos. Estão dizendo à Simone que ela não terá mais participação nos lucros da empresa."

"Simone Simenon? A senhorita *sim* pra todo mundo?"

"Ela mesma: a senhorita *sim* pra todo mundo."

"Pobrezinha."

"Pobrezinha mesmo. Mas é só um treinamento. Foi difícil, mas ela finalmente aprendeu a resposta certa."

Hmmmzljei... Grrrmvrrr... Tplsmakl!!! **PRZEMNHAX!!!**

Não. Não! Não?! **Nããããããoooooo!**

Não! Não! Não! Não! Não! Não! Não Não! Não! Não Não!

No! Non! Niet! Nein! Nee! Nem! Nope!

Nej!

Dez dicas para manter os colegas longe de sua mesa de trabalho

1. Grasne feito um ganso no cio toda vez que receber um e-mail.

2. Sempre que falarem determinada palavra – *sinergia* ou *reengenharia*, por exemplo –, comece a sapatear.

3. Jamais use pontuação em memorandos e relatórios.

4. Escreva na lixeira *Novos projetos para avaliação* e coloque-a em cima da mesa.

5. Inicie todas as suas frases com "De acordo com a profecia..."

6. No verso de todos os seus cheques escreva *Referente a suborno.*

7. Pergunte às pessoas de que sexo são, e ria histericamente depois que responderem.

8. Nas reuniões, comunique-se apenas em Klingon ou Sindarin (língua dos elfos).

9. Dirija-se a todos falando o nome de trás pra frente: Ridnaruj, Adnanref, Olecram, Ataner etc.

10. Ajoelhe-se três vezes ao dia diante da cafeteira e ore fervorosamente.

Bônus:

11. Organize o amigo secreto do final de ano de maneira que seu nome esteja em todos os papeizinhos.

Crime e castigo

Durante a reunião semanal, Xis culpa Ípsilon pela baixa produtividade da empresa e sugere que os crocodilos sejam alimentados com o cadáver do incompetente. Ípsilon imediatamente põe a culpa em Zê. Que reage culpando Ka. Que culpa Dábliu. Que culpa A, que culpa Bê, que culpa Cê...

Depois de passarem por todo o alfabeto, há uma votação e fica definido que o culpado pela baixa produtividade da empresa é o garoto da xerox. Que põe a culpa na moça do café. Que culpa o manobrista. Que culpa o porteiro, que culpa o carteiro, e Abraão gerou Isaac, Isaac gerou Jacó, Jacó gerou Judá e seus irmãos...

Lá fora faz um dia maravilhoso e felizmente ninguém se lembra de culpar a primavera.

Dois consultores: uma anedota zen

No vasto estacionamento, quase totalmente às escuras, o consultor está curvado, procurando algo no chão. Outro consultor passa e, curioso, pergunta:

"O que você está procurando?"

"Minha carteira."

"Perdeu sua carteira?"

"Sim?"

"Foi por aqui?"

"Não."

"Mas, se você perdeu sua carteira em outro lugar, por que está procurando aqui?"

"Porque aqui tem luz."

Toma lá da cá

O negócio é o seguinte: deixa de ser otário. Tá entendendo? Deixa de ser trouxa. Passa a mão em tudo o que você conseguir: papel da impressora, lapiseira, caixinha de clipe e de grampo, bola de elástico. Tudo. Na miúda, ok? Ninguém pode perceber.

A empresa tá sugando toda tua energia? Ela tá bebendo teu sangue? Deixa de ser otário. Tá entendendo? Deixa de ser trouxa. Passa a mão em tudo. Régua de plástico, caneta marca-texto, rolo de papel higiênico, revista da recepção. Mas na miúda. Seja discreto.

Olha pra mim. Eu tenho bigode de otário? Eu tenho cara de trouxa? Não perdoo nada. Pego tudo. Faz vinte anos que a empresa suga minha energia. Bebe meu sangue. Então faz vinte anos que eu passo a mão em tudo que estiver dando sopa. Rapo mesmo.

Só não tenho mais onde pôr toda essa tralha. É. Não consigo mais nem entrar no meu apartamento.

Vou ter que alugar outro.

Mas trouxa eu não sou, não.

Executivo modelo

Ele chegou ao escritório meia hora antes e saiu duas horas depois de todo mundo. Todos os dias.

Ele trabalhou nos sábados e nos domingos. E em todos os feriados.

No carnaval e nas férias, ele corrigiu o projeto dos colegas.

Ele participou proativamente de todas as reuniões semanais, não recusou trabalho extra, nunca atrasou um relatório sequer, sempre esteve focado nos clientes, na concorrência e no mercado.

Ele realizou os doze trabalhos de Hércules, degolou a Medusa, domesticou Pégaso o cavalo alado, cegou o ciclope.

No dia trinta e um de dezembro, ele foi escolhido o funcionário do ano. Da década. Do século.

O diretor financeiro foi à sua baia, disse meia dúzia de palavras positivas e apertou sua mão. Apertou forte.

Ele, emocionado, deixou escapar uma lágrima.

Oh, felicidade suprema.

No dia primeiro de janeiro, ele chegou ao escritório *uma hora* antes de todo mundo (ninguém veio, era feriado). E começou tudo de novo.

Novos tempos

"O Viana conseguiu, ah, ele conseguiu um emprego bem melhor em outra empresa. Tô morrendo de inveja."

"Você precisa ser mais positivo. Para de invejar o Viana. Ele é o gerente de marketing mais pançudo e vesgo que eu conheço."

"Mas pelo menos ele tem um abdome e dois olhos."

"E daí? Hoje em dia quem precisa de um abdome e dois olhos?"

"Ele também tem pernas e braços. E nádegas."

"E daí? Hoje em dia quem precisa de pernas e braços? Quem precisa de nádegas?"

"Ele também tem..."

"Para! Eu já disse: você precisa ser mais positivo. O Viana tem um corpo, mas você tem um cérebro. Melhor dizendo, você *é* um cérebro. Você é *o* Cérebro, a melhor coisa que a neuroengenharia moderna já produziu!"

"Tá. O que adianta ter o maior QI da empresa, ser o gênio dos negócios, se não posso chutar o traseiro de ninguém?"

Emoções transgênicas

Os engenheiros químicos do centro de pesquisa de nossa empresa conseguiram sintetizar a esperança.

Na verdade eles estavam tentando sintetizar a felicidade.

Não deu certo. (Ainda!)

Por enquanto, vamos mesmo ter que produzir, embalar e distribuir a esperança.

Seu potencial comercial não é tão grande quanto o da felicidade. Os consumidores sabem, ah, eles realmente sabem que a esperança só interessa a quem ainda não conseguiu a felicidade.

Mas daremos um jeito. Precisamos mudar isso.

Eu sei, eu sei, nosso departamento de marketing terá que rebolar.

No final tudo dará certo. Não há opinião pública que resista a uma vigorosa e cara campanha publicitária.

Além disso, será por pouco tempo.

Só até a gente conseguir sintetizar a felicidade.

Ou o amor. Ah, se nossos engenheiros químicos conseguissem sintetizar o amor! Isso seria excelente para os negócios.

O que foi? O que você disse? Os chineses acabam de patentear a fórmula do amor?!

É a falência. O Ocidente está perdido! Perdido! PERDIDO!

Nossa única esperança é ela: a felicidade.

Vamos vender a esperança, mas por ora vamos escrever bem grande na embalagem: FELICIDADE. Em vermelho.

Será por pouco tempo. Só até a gente descobrir a verdadeira felicidade.

No final tudo dará certo.

Não há opinião pública que resista a uma vigorosa e cara campanha publicitária.

Amigo secreto na empresa pobre

Flora, 53, gerente de RH, presenteou Diego, 29, assistente de arte, com algo extremamente cafona, inútil, desengonçado. Diego, 29, assistente de arte, presenteou Tiago, 42, diretor financeiro, com algo extremamente inútil, desengonçado, espalhafatoso. Tiago, 42 anos, diretor financeiro, presenteou Rose, 33, representante comercial, com algo extremamente desengonçado, espalhafatoso, brega. Rose, 33, representante comercial, presenteou Luciana, 41, secretária da diretoria, com algo extremamente espalhafatoso, brega, ordinário. Luciana, 41, secretária da diretoria, presenteou Ricardo, 25, técnico em planejamento de produção, com algo extremamente brega, ordinário, grosseiro. Ricardo, 25, técnico em planejamento de produção, presenteou Sérgio, 40, gerente de marketing, com algo extremamente ordinário, grosseiro, cafona. Sérgio, 40, gerente de marketing, presenteou Flora, 53, gerente de RH, com algo extremamente grosseiro, cafona, inútil.

Dois supervisores: outra anedota zen

"A noite passada sonhei que havia sido promovido."

"Beleza. A noite passada eu sonhei com um saco cheio de moedas de ouro."

"Você gastou ou guardou?"

"Na verdade eu era um pobre camponês russo. Era inverno. Nevava. O saco de moedas estava preso no gelo."

"No gelo?"

"No gelo. Eu puxei, puxei, puxei e nada. Fiquei furioso. Eu não pretendia ir embora sem o ouro. Então tive uma ideia genial. Urinei no gelo, pra soltar o saco. Mijei muuuiiitooo."

"E..."

"Acordei na cama completamente molhada."

Amigo secreto na empresa rica

Presentes maravilhosos, refinados, caros.

Mas ninguém gostou do que ganhou.

Todos odiaram. Continuaram sorrindo, sorrindo, sorrindo. Odiando, odiando, odiando.

Cada um está cobiçando o presente do colega. Em silêncio.

Odiando, odiando, odiando.

Em silêncio. Sorrindo, sorrindo, sorrindo.

Questionário para não esquecer jamais as *Dez leis de muffim*

(ou seriam de smurf?) (ou de Murphy?)

1. A execução de qualquer projeto leva _____ do que todo o tempo que você e sua equipe têm disponível. (menos tempo / mais tempo)

2. Se você jogar fora a papelada que há anos está abarrotando sua gaveta, você certamente _____ de um momento para o outro. (não precisará dela / precisará dela)

3. Quando telefonam, se você tem uma caneta não tem um papel, se tem um papel não tem uma caneta, se tem ambos _____. (seu melhor cliente telefona / ninguém telefona)

4. Numa reunião importante, os assuntos mais simples são aqueles dos quais você _____. (entende tudo / não entende nada)

5. As entregas da transportadora, que normalmente levam um dia, _____ quando você depender dessa entrega. (levarão um ou menos / levarão cinco ou mais)

6. Assim que tiver esgotado todas as suas possibilidades e confessado seu fracasso, _____. (todos concordarão que você fez o melhor possível / haverá uma solução simples e óbvia, claramente visível a qualquer idiota)

7. Quanto mais cuidadosamente você planejar um trabalho, _____ sua confusão mental quando algo der errado. (menor será / maior será)

8. Nunca há horas suficientes num dia, _____ há muitos dias antes do sábado. (também não / mas sempre)

9. Na guerra, digo, no trabalho, seu chefe ataca em duas ocasiões: quando _____ está preparado ou quando _____ não está. (você, ele / ele, você)

10. Na execução de um projeto, se você perceber que uma coisa pode dar errado de quatro maneiras distintas, e conseguir driblá-las,_____ . (tudo dará certo no final / a quinta surgirá do nada)

Bônus:

11. Se você está conseguindo manter a cabeça enquanto todos à sua volta estão em pânico, provavelmente você _____. (salvará o dia com uma ideia brilhante / não entendeu a gravidade da situação)

Tempo é dinheiro

Não.

Tempo não é dinheiro.

Se tempo fosse dinheiro, seria escravidão. Porque dinheiro é a forma mais sutil de escravidão moderna.

Tempo é tempo.

É a matéria imaterial, é a dimensão multidimensional que estrutura a vida.

Tempo não é vida, mas é o que permite e sustenta a vida.

Num conto ou num romance, vida é a história que se desenrola durante a leitura. Tempo são as páginas do livro, a capa, o papel que permite e sustenta a história, a matéria palpável em perpétua mutação.

Dinheiro não é tempo. Porque dinheiro não é o que permite e sustenta a vida.

Dinheiro é importante.

Tempo também.

Mas são substâncias diferentes, que não se misturam.

Dinheiro vai e vem. Tempo apenas vai.

Dinheiro a gente ganha, perde, troca, dá. Tempo não.

"Tempo é a imagem móvel da eternidade imóvel", disse Platão.

O dinheiro diz: “Sou como a água, corro por onde há menos obstáculos”.

O tempo diz: “Pense que este dia pode ser o último”.

O último café da manhã. O último pôr do sol. O último beijo.

O último.

Simplesmente o último.

Nanete Neves

minicontos

Empilhadeira

Tenho um namorado que adora me pôr pra baixo. Mudo o cabelo, faço chamego, capricho no salto e nada de elogio, ele não se importa. Vive me criticando, nada está bem. Pior é que me amarro nesse cara e nem consigo pensar nele duas vezes – a primeira sempre dura o dia todo. Mas ultimamente, bem naquelas manhãs quando chego me sentindo na lona, algo muda. É que, no intervalinho do café, quando saio da baia das secretárias da diretoria rumo à copa, corto caminho pelo almoxarifado. Tem um cara lá que sabe levantar o moral de uma mulher só com os olhos. Se o Wando não me tratar melhor valorizando o que tem, vou fazer um curso intensivo de como empilhar *pallets* direitinho.

Momento decisivo

Todos os olhos em mim, eu tinha de parecer bem e segura. Em torno da mesa os prováveis novos sócios e tudo dependia daquela apresentação. Como vice-presidente do grupo, precisava convencê-los da vantagem da fusão. Mas por dentro, emoções em cambalhotas. Mágoa e encantamento. É que na véspera, saindo do teatro, tive outra daquelas brigas com o Ivo. Por que trocar o barco bem agora, quando a prioridade era a reforma da cobertura? Ele nada dizia, e, sem controle, passei aos gritos. Até que, perto de um grande cruzamento, dizendo não suportar mais a minha voz, Ivo simplesmente desligou a chave, saiu do carro e entrou no primeiro táxi. E eu ali, cara de paisagem sob buzinas e xingos. Eu que nunca quis aprender a guiar, só podia chorar. Retrato perfeito da miséria da minha vida afetiva.

Não faço ideia de quanto aquilo durou, até que um homem de voz tranquila e sotaque francês chegou, perguntando se podia ajudar estacionando o veículo. Assenti com a cabeça. Depois ele explicou que era estrangeiro, estava na cidade a trabalho, e caminhava para o ponto de táxi quando, sem querer, viu tudo. Gentil, insistiu em me levar num café ali perto para esfriar as emoções.

Muita coisa aconteceu a partir daí: o casamento acabou, a fusão das empresas não se deu, mudei de emprego, de país, cresci. Hoje vivo com Gerôme, aprendi a dirigir e, positivamente, barcos deixaram de ser assunto em minha vida.

Atalho

Esperta,
a trainee encurtou caminho
ao abraçar o mundo
com as pernas.

Montada num dragão

Irina é extravagante. Abusa de cores, maquiagem e gargalhadas. Choca dentro do sisudo setor do RH, mas é inegável seu talento de ouvir. Irina tem compaixão. Daí cuidar sempre dos casos mais complicados.

Ontem ela foi chamada às pressas no Ambulatório. Dario, o gerente em franca ascensão no grupo, passou mal devido à pressão e desmaiou na maca. Seria apenas uma crise de ansiedade, não fosse um detalhe: ao desabotoar suas roupas, a enfermeira notou que ele usava lingerie. Chocada, a moça chamou Irina, para quem ele confessou que primeiro surrupiava calcinhas da mulher, depois das filhas, agora já comprava ele mesmo o acervo. No começo vestia só quando não tinha ninguém em casa. Gostava tanto do toque da seda e da renda que passou a usá-las por baixo do terno, o que até melhorou o desempenho profissional. Só que a mulher descobriu e, mesmo admitindo que aquilo nunca comprometeu sua performance como marido, pediu o divórcio. Desde então, Dario vivia com pavor daquele desvio vazar na empresa. Acostumada a esquisitices, Irina tranquilizou Dario, e abraçou-o demoradamente garantindo sigilo. E foi com um risinho maroto que ela voltou à sua mesa. Sem justificativas e com muita discrição, só pediu à empresa de saúde terceirizada que transferisse imediatamente aquela enfermeira para outro cliente.

Descombinado

Observando aquele que se dizia líder, nada combinava em sua triste figura: a bunda era mole, o coração era duro.

Hora extra

Todos desconfiaram quando o Jurandir da manutenção passou a ficar até mais tarde na fábrica de bebidas. Cara metódico, não perdia por nada o ônibus da firma que o deixava na periferia onde vivia com a sua Márcia. Agora, até ela estranhava o marido, ultimamente mais brincalhão, carinhoso e animado na cama. "Será culpa?", perguntava-se. "Algum caso?", porque afinal, ele não era de se jogar fora.

Para os colegas, só podia ser com a gostosa da Beth, a nova copeira do segundo turno. Até que um dia, o chefe, encafifado, resolveu ficar para dar um flagrante exemplar. E constatou que Jurandir e mais outros dois descobriram um jeito de desviar latas de cerveja do estoque, e as gelavam na tubulação do ar-condicionado. Só um happy hour free e inocente, e uma simples advertência. Nunca mais Jurandir atrasou. E Márcia talvez seja a única esposa com saudade dos tempos em que o marido se atrasava.

Medo ou preguiça?

Desistir é sempre mais fácil que arriscar e fracassar. Por isso tantos aspirantes e poucos almirantes.

Desencanado

Num creio que consegui entrar na empresa-fetiche de toda a facul. Mil testes, entrevistas e tal, não foi fácil ingressar aqui. Mas com a pistolagem básica de um tio, sou agora um trainee do marketing e desfilo orgulhoso este cobiçado crachá. Tive que diminuir o tempo com a gata, a academia e o surfe. Mas tô curtindo pra caramba as mordomias: tíquete refeição recheado, vale-combustível, reforço de inglês. Só não compreendo ainda bem os tais de "valores" globais da firma na intranet e nos cartazes pela firma toda. Sou novato no lugar, mas pra mim, sinceramente, TRANSPARÊNCIA se resume à Leila, aquela recepcionista gostosa. COMPETITIVIDADE é ser o primeiro a correr de todo trabalho. E INOVAÇÃO, sinceramente, é um jeans customizado. Preciso ainda pensar o que significam os demais valores.

Fraquezas

Só o manobrista viu quando o presidente entrou no carro e ficou por meia hora chorando, e era um choro convulsivo. Dias depois, o rapazinho foi informado que estava demitido. Ordens superiores, disseram.

Gente teimosa

Falam tanto aqui dentro em resiliência, e tentam ensinar o sentido. Não entendo tanto das coisas, nem mesmo sou muito estudado, mas para mim isso é simples: basta ser brasileiro, assalariado, usar transporte público, ter que se virar com o convênio médico que nos oferecem, transar talvez no sábado e ainda sorrir quando nosso time cai de divisão.

Distrativos

Paciência. Twitter. Blogs de celebridades. De moda. Fofocas. Sites de novelas. Horóscopo. Skype. Facebook. Era matadora de tempo profissional. Só o chefe não sabia dessa sua habilidade.

Prazer virtual

Depois de um dia intenso de trabalho, seguido do MBA, da passadinha no supermercado e da pilha de roupa para lavar antes de dormir, exausta, aquela mulher se arrepende de não ter criado um avatar que abrisse as pernas ao marido logo mais.

Nude

A etiqueta dentro das corporações exige roupa discreta, sapatos e acessórios neutros, cores mortas, todos clones. E a garota pensa: "Ainda bem que não podem ver minha lingerie. Ela grita!".

Urgência

A cultura é de urgência nas organizações. Mas Ana sofre, porque precisa de muitas preliminares.

Urgência 2

Para manter o comportamento urgente, elimine itens de baixa prioridade, cancele projetos secundários. Esqueça-se de si.

Bandeira

É proibido deixar transparecer o contentamento, a ansiedade ou a raiva nas ações dentro da empresa. Mas para Lika, que apareceu com a mesma roupa da véspera, o mais difícil é esconder o sorriso bobo que teima em ficar pendurado na cara.

Crise 2

Avançar com cautela e nunca ser ingênuo, dizem os manuais, pois as crises podem ser fatais. Então, pé ante pé, o rapaz bonitinho chega mais perto do chefe que está com problemas em casa. Os olhos revelam, existe cobiça ali, antiga e de mão dupla.

Crise

Encontrar oportunidades nas crises é o que ensinam. Então Renato sabe que está na hora de colocar seus planos em ação. A líder do setor está de TPM.

Álbum

Eu aqui, às voltas com o trabalho, duas planilhas enormes para concluir, uma apresentação para montar, completamente imersa nisso, e então toca o celular. Atendo distraída. "Maria Eduarda? Como vai você? Ando pensando naqueles nossos tempos e sinto saudade. Queria tanto te ver, é possível?" É o Cássio, não acredito! Aquela voz que por tanto tempo esperei ouvir. E imediatamente relembro de tudo como num filme. Sofri, comi o pão que o diabo pisoteou. Engordei, criei armaduras para me proteger, ganhei alguns cabelos brancos, envelheci. Mas, aos poucos, fui buscando forças para esquecer. Catando um pedaço aqui, outro acolá, fui reconstruindo um novo eu. A esse pão amassado, aos poucos fui adicionando novos temperos e, dele, fiz um pudim tão saboroso, que muitos quiseram provar. Alguns eu deixei. Desses, uns gostaram tanto que quiseram ficar. Mas ainda não estou pronta. Preciso reformar o ninho, refazer o enxoval de mim, até estar fortalecida para amar de novo. "Madú, você está me ouvindo? Não fica assim calada. Diz alguma coisa. Sei que fui meio canalha. Me xinga, mas não fica assim quieta, por favor. Me dá uma chance de explicar o que aconteceu." Ao ouvir o "Madú" (só ele me chama assim) as lágrimas vêm, engolem minha voz e as palavras. Respiro fundo e apenas desligo. Vou ao toalete secar os olhos e retocar a autoestima, repetindo um velho e infalível mantra: figurinha repetida não completa álbum/ figurinha repetida não completa álbum/ figurinha... Repito tanto que decido: vou aproveitar a hora do almoço para comprar um novo celular, último tipo, bem lindo, e com novo número.

Fazer acontecer

Elimine empecilhos, delegue, planeje, fale com paixão e aja. Foi seguindo essas orientações que Pedro tomou um tapa na cara.

Vaidade

Difícil lidar com o sucesso. E Paula caiu do salto naquela briga de egos.

Super

No dicionário, "excelência" é a superioridade ou o estado de ser bom no mais alto grau. Na vida pessoal, era o insuportável peso do mundo nas costas daquela mulher-mãe.

Competição desigual

A gente se conheceu aqui. Trainees, vínhamos da mesma universidade, éramos colegas de bairro e de classe, passamos pelas mesmas dificuldades. Jovens e decididos a crescer, cada um foi buscando novas capacitações, orientações, queríamos muito, queríamos tudo. Cúmplices, sempre nos apoiamos e nos admiramos. Com todo o encantamento, o amor veio de forma natural, quase orgânica, real, profundo e verdadeiro. Mas um amor escondido, camuflado, ninguém podia saber. Ambos tivemos promoções, assumimos responsabilidades, equipes, amadurecemos. E, bem agora que decidimos que não podemos mais viver em casas separadas, ele ganha uns pontos na corrida, e chega ao primeiro escalão mais rápido: assistente da diretoria principal. E eu nem pude festejar: um de nós vai ter de sair. Adivinha quem? Uma bala de coco fresquinha e gelada para quem descobrir.

Verprakrer

Ele me preveniu que não mexesse ali porque o arquivo era morto. Morto?

Fama

Rita era garota humilde quando entrou na empresa como integrante do time de vendas. Bonita em seus fortes traços árabes, apurava o charme e ralava o salto todo dia para fechar contratos. Em pouco tempo começou a se destacar na equipe. Seu destino parecia traçado. Até certa manhã em que, por acaso, cruzou no elevador com o presidente. Atração instantânea. Seu Jonas, pessoa imponente, perdeu a compostura com aquela paixão tardia, avassaladora. Cobria a jovem de mimos, tantos que toda a empresa começou a desconfiar. Até que um dia ele foi mais longe e a presenteou com uma chefia. Mesmo com a pouca experiência, esforçada, ela não deu bola para os falatórios e, devagar, foi se capacitando até tornar-se uma das melhores do mercado. Casou-se com um dentista famoso, teve filhos com ele, mas nunca se afastou amorosamente do velho. Segredo de ambos. Sua competência foi reconhecida, ganhou prêmios, teve grande papel no progresso da corporação, mas, fora os amigos e a família, no dia do seu velório não houve nenhuma menção à sua beleza, talento ou qualidades. Só o que falavam em tom de sussurro era como uma biscatinha pôde chegar tão longe. E Rita nunca foi perdoada por amar.

Distração

Por um simples toque do indicador, o talentoso Leleco foi parar sem escala no meio do olho da rua. Sim, foi batendo inadvertidamente na tecla *enter* do teclado que ele enviou a todos a mensagem: *Doroty quer me matar hoje com essa bunda engolidora de calcinha. Ainda pego essa mulher de jeito*. Em "todos" estava incluída Doroty, a diretora. Até hoje Leleco responde a processo por assédio. Até hoje a mulher dele não perdoa.

Marcelino Freire

microcontos

Na hora do café,
falavam mal de todo mundo.
Até do café.

– Mas por que eu fui demitida, chefe?

– Porque você nunca sabe das coisas.

Deu o fundo de garantia.

Puxa o saco o chato.

Perdeu a hora.

E o emprego.

– Quem manda aqui sou eu.

– Eu também mando, mas o senhor não vai.

Secreta ria
da chefia.

Escolhesse, então:
um pé na bunda.
Ou uma mão.

Gostava de adiantar o serviço.
Menos o salário.

– Você sabe quem eu sou?!

– Se você não sabe, como eu vou saber?

Deu-se bem
aquela ali.

Chefe, estou entrando em greve.

De sexo.

O único que subia na vida.
O elevador.

– Tente, incompetente.

Limparam tudo.
E puseram a culpa
no faxineiro.

Esforço máximo.
E salário mínimo.

No final do dia,
corria para pegar o ônibus
o manobrista.

Usava o banheiro.

O dia inteiro.

O estagiário.

– De que adiantava falar
tantas línguas
se não ouvia ninguém?

Ninguém é livre
nesta em-presa.

Nem todo mundo
que bate ponto
é escritor.

Salário vem de sal.
Mas não dá nem pro almoço.

Dinheiro suado
é o mais limpo.

O freguês tem sempre razão.
Desde que pague a prestação.

Mentir
até na hora
de demitir.

– Sabe com quem o chefe está saindo?

– Com os lucros.

Emprega.
Na cruz.

O melhor chefe
faz tempo que foi
demitido.

Tem 400 amigos no Face.
No trabalho, nenhum.

– Tenho muitos filhos para criar.
Por isso pedia aumento a babá.

Aposentadoria.
O dia de dar trabalho
para os outros.